Ko
tōku ingoa
My name is
AF583661

For more information, school visits and free resources visit **www.rebeccalarsen.nz**

Listen to the music tracks

Published by David Bateman Ltd
Unit 2/5 Workspace Drive, Hobsonville,
Auckland 0618, New Zealand.

www.batemanbooks.co.nz
ISBN 978-1-77689-086-6

A catalogue record for this book is available from the National Library of New Zealand.

Book designed by Rebecca Larsen
Printed in China through Asia Pacific Offset Ltd.

Raraku ki to hari, kei te pai

STRUM A TUNE

when you're happy, kei te pai

by Rebecca Larsen

BATEMAN BOOKS

When Pūkeko, Kiwi and Hoiho
want to show how they feel,
they get their musical instruments out
to express how emotions are real.

With colour and actions and music
they perform their best show yet,
and because their feelings are catchy
you'll want to join in so get set!

Ko Pūkeko, ko Kiwi ko Hoiho
ka pūkare atu,
ka puta mai ngā whakatangitangi
me ngā kakare tūturu.

Mā te tā, mā te ringa me te wai
ka rawe tā rātau tū,
nā o rātau kare ā-roto
kia rite, ka hono atu!

Tahi, rua,
toru, whā ...

Raraku ki to hari,
kei te pai.

Strum a tune when you're happy,
kei te pai.

Raraku ki to hari,
kei te pai.

Strum a tune when you're happy,
kei te pai.

Pakipaki, clap your hands,
menemene, laugh and smile.

Strum a tune when you're happy,
kei te pai.

Pakipaki o ringa,
menemene, ka kata.

Raraku ki to hari,
kei te pai.

Tāwiri i to rarā,
kei te pōuri.

Shake a shaker when you're sad,
kei te pōuri.

Tāwiri i to rarā,
kei te pōuri.

Shake a shaker when you're sad,
kei te pōuri.

Tauawhi, have a hug,
wairutu, cry a tear.

Shake a shaker when you're sad,
kei te pōuri.

Tauawhiawhi rā,
ka tuku roimata.

Tāwiri i to rarā,
kei te pōuri.

Pupuhi i to whio,
kei te anipā.

Whistle when you're worried,
kei te anipā.

Pupuhi i to whio,
kei te anipā.

Whistle when you're worried,
kei te anipā.

Kōrero, talk about it,
pupuhi, blow it out.

Whistle when you're worried,
kei te anipā.

Kōrerotia atu,
kia pupuhi atu.

Pupuhi i to whio,
kei te anipā.

Paoa to pākiri,
kei te riri.

Bang a drum when you're mad,
kei te riri.

Paoa to pākiri,
kei te riri.

Bang a drum when you're mad,
kei te riri.

Takahia kia tau.
Tatau ake ki tekau ...
Tahi, Rua, Toru, Whā, Rima, Ono, Whitu, Waru, Iwa, Tekau

Takahi, stomp your feet.
Tatau, count to ten ...
Tahi, Rua, Toru, Whā, Rima, Ono, Whitu, Waru, Iwa, Tekau

Paoa to pākiri,
kei te riri.

Bang a drum when you're mad,
kei te riri.

Tangihia o pahū,
kei te heahea.

Clang cymbals when you're silly,
kei te heahea.

Tangihia o pahū,
kei te heahea.

Clang cymbals when you're silly,
kei te heahea.

Pakipaki, clap your feet,
takahurihuri spin.

Clang cymbals when you're silly,
kei te heahea.

Pakipaki i o wae,
takahurihuri ai.

Tangihia o pahū,
kei te heahea.

Tangihia ai to pere,
ka aroha.

Ring a bell when you're in love,
ka aroha.

Tangihia ai to pere,
ka aroha.

Ring a bell when you're in love,
ka aroha.

Hoatu, give love away,
it will come right back to you.

Ring a bell when you're in love,
ka aroha.

Hoatu to aroha,
ka hoki mai ana rā.

Tangihia ai to pere,
ka aroha.

Kei te pēhea koe?
Kei te pai.

Strum a tune when you're happy, kei te pai

Raraku ki to hari, kei te pai

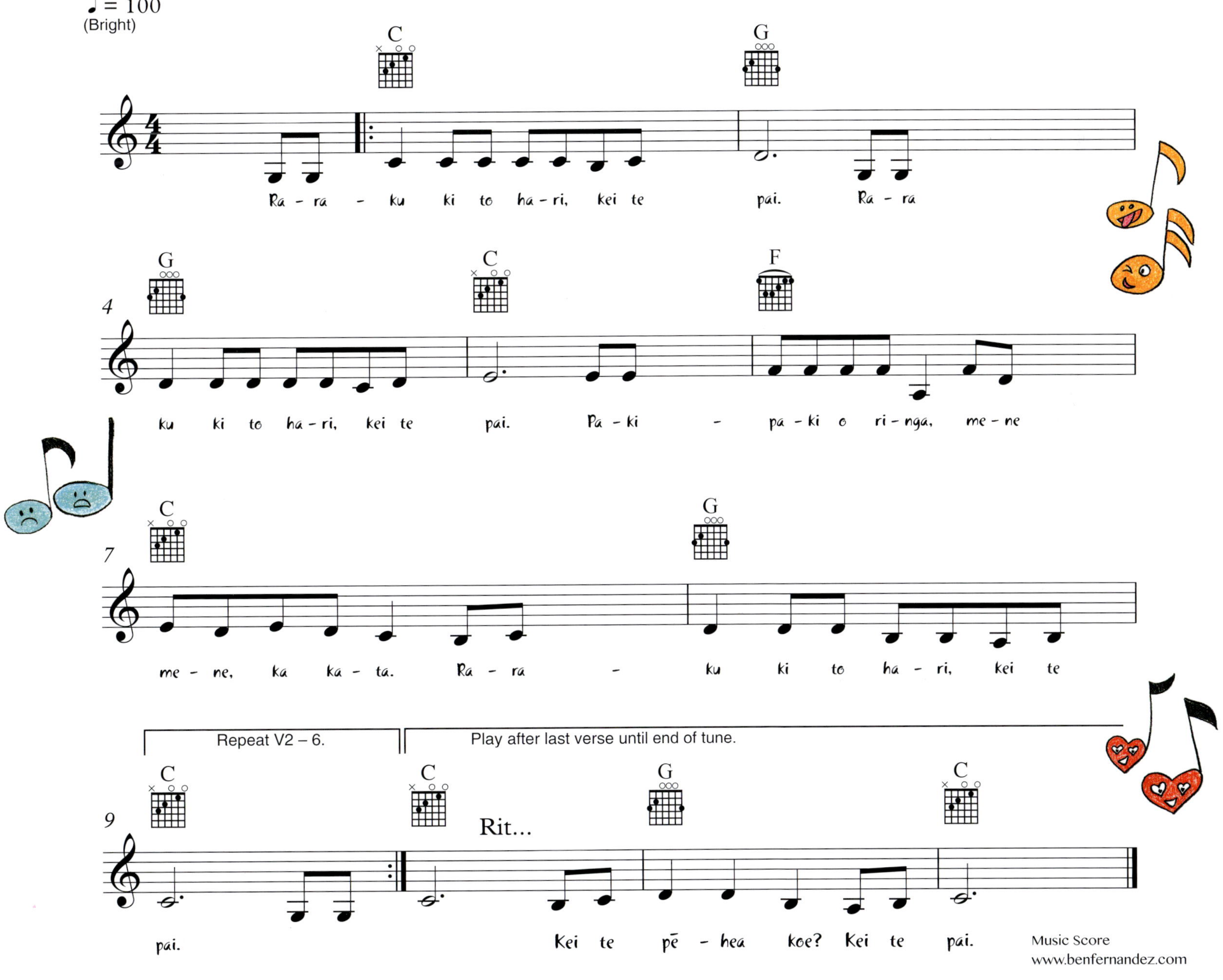

Hari
Happy
Kei te pai
I'm good

Kutā
Guitar
Raraku
Strum

Pōuri
Sad
Kei te pōuri
I'm sad

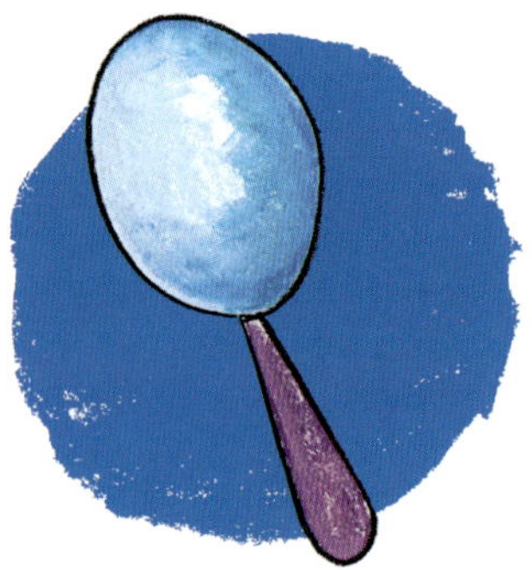

Rarā
Shaker

Anipā
Worry
Kei te anipā
I'm worried

Whio
Wind instrument

Riri
Angry
Kei te riri
I'm angry

Pākiri
Drum

Heahea
Silly
Kei te heahea
I'm silly

Pahū
Cymbals
Tangihia
Clang

Aroha
Love
Ka aroha
To love

Pere
Bell
Tangihia
Ring